AF356850

OBJETS D'ART
DE LA CHINE
ET DU JAPON

Mᵉ Ed. FOURNIER
M. André PORTIER

OBJETS D'ART
DE LA CHINE
ET DU JAPON

Mᵉ Ed. FOURNIER
M. André PORTIER

OBJETS D'ART
DE LA CHINE ET DU JAPON

BRONZES

Mizuire et Okimono

Laques et Bois Sculptés

Céramique :: Ivoires Japonais

Estampes et Livres

Armures et Gardes de Sabres
Etoffes, etc.

Dont la Vente aura lieu à l'HOTEL DROUOT, Salle N° 10

Le ~~SAMEDI~~ *Vendredi* 22 MAI 1914, à 2 heures

Mᵉ Ed. FOURNIER	**M. André PORTIER**
Commissaire-Priseur	*Expert près le Tribunal Civil*
29, RUE MAUBEUGE, 29	24, RUE CHAUCHAT, 24

chez lesquels se distribue le présent Catalogue.

Exposition · Publique   à L'HOTEL DROUOT
Salle n° 10

Le ~~VENDREDI~~ *Jeudi* 21 MAI 1914 *de 2 heures à 6 heures*

CONDITIONS DE LA VENTE

Elle sera faite expressement an comptant.

Les acquéreurs paieront 10 pour 100 en sus des enchères.

L'expert sera présent à l'Exposition publique et se tiendra à la disposition de MM. les Amateurs qui auraient des renseignements à lui demander ou des ordres d'achat à lui confier.

BRONZES

1. — Vase à vins en forme d'un rhinocéros « Hsi-tsun », en bronze, de
patine noire.

        Chine XVII° siècle   Diam. 0 m. 00

2. — Vase balustre, décoré de palmettes ornées de grecques, le col flanqué
de deux anses à têtes d'éléphants.

3. — Vase cornet à décor de palmettes orné de deux anses salamandres.

4. — Bouteille à long col tubulaire, s'évasant légèrement.

5. — Petite bouteille de forme ovoïde, surmontée d'un col d'anneaux
concentriques.

6. — Vase de forme élancée, le col supportant deux anses détachées.

7. — Vase de forme tubulaire, sur trépied, le col supportant un anneau
mobile.

8. — Petit vase cornet autour duquel s'enroule une salamandre.

9. — Petit vase balustre orné de caractères rehaussés d'or.

10. — Bouteille à long col tubulaire, ciselé de grecques et de palmettes.

11. — Vase, la panse surélevée, en bronze uni, de patine noire.

12. — Figure de guerrier debout.

13/20. — Huit vases en bronze de formes et de décors variés.

21/100. — Une très importante collection de petites pièces en bronze uni ou
niellé, représentant des mizuire ou des okimono.

101/12. — Quatre très beaux miroirs shintoistes.

        seront divisés

103/6. — Neuf Kozuka en shakudo et argent, présentant des décors variés.

(seront divisés)

107/130. — Une collection de soixante-deux très bonnes gardes de sabres, d'ateliers divers.

(sera divisée)

131/141. — Un lot de très bonnes gardes de sabres, dont une de Tetsugendô Shôraku (c'est-à-dire Naoshige Okamoto).

(sera divisé)

141*bis*/4. — Cinq petites pièces diverses.

145. — Jolie armure de Samuraï avec garniture d'étoffe bleue, lamée or.

Japon XVIIIe siècle

146/7. — Trois autres armures japonaises.

Japon XVIIIe siècle (seront divisées)

LAQUES

146. — Très jolie garniture comprenant la boîte à papiers (Ryoshi-bako) et l'écritoire (*Suzuri bako*) en laque brun sur un fond imitant une vannerie. Les couvercles sont ornés de deux très fins médaillons, en incrustations de nacre, représentant des personnages sur une terrasse fleurie.

Chine : Epoque Ming (provient de la vente Mène)

149. — Boîte de forme arrondie en laque rouge, sculptée sur le couvercle d'un personnage à cheval tuant des oies avec un arc.

150. — Très jolie tête de Kwannon en bois sculpté et laqué, d'une très belle patine brune.

(Jolie pièce)

151. — Boîte à tabac en papier maché laqué noir et orné en laque rouge de palmettes de style persan.

152. — Inro à quatre cases en laque noir décoré au laque d'or et incrustations diverses de Ric-pei près d'une cascade.

153. — Inro à quatre cases en laque noir décoré au laque d'or de personnages sous un pin. Légende de Choryo et Kosekiko.

154. — Inro à quatre cases en laque noir, joliment décoré en togidashi d'un héron dans les herbes fleuries d'un marais.

Œuvre de Koma Moyei

155. — Inro à quatre cases en laqué noir et laque d'or : deux personnages,
Kanzan et Jittoku, accroupis sous un pin, regardant un makémono.

156. — Inro à quatre cases en laque noir : enfants déguisés pour la promenade
du Shi-shi.

157. — Coffret en laque, le couvercle retombant, à décor de fleurettes.

158. — Boîte à thé en laque très finement décorée.

159. — Boîte en laque offrant un décor à personnages.

160. — Très jolie figure en bois sculpté représentant un Bouddha assis.
Provenant d'un temple de Nara et attribuée à l'Epoque Kamakura

PORCELAINES

161/70. — Une importante collection de plats, assiettes, compotiers, etc., en
ancienne porcelaine de Chine, à décor rouge, bleu et or.
Chine XVIII⁰ siècle (sera divisée)

171. — Grande bouteille, de forme ovoïde, en porcelaine rouge sang de bœuf.
(Pouvant former une très belle lampe.)
Chine XVIII⁰ siècle

172/3. — Trois bols en porcelaines diverses.
Chine XVIII⁰ siècle

174/8. — Une collection d'environ vingt pièces en porcelaines diverses.
(sera divisée)

179. — Deux grands vases en porcelaine japonaise à décor de guerriers.

IVOIRES

180. — Barque animée par de nombreux personnages.

181. — Personnage revenant de la pêche, son enfant jouant sur son panier.

182. — Trois manzai.

183. — Chapelle.

184. — Pêcheur à l'épervier et son jeune garçon.

185. — Hotei et enfants.

186. — Pêcheur levant son filet.

187. — Personnage capturant une poule.

188. — Rakan levant l'image d'un temple bouddhique.

189. — Personnage, un tonneau sur le dos et portant une lanterne.

190. — Hotei et enfants.

191. — Personnage revenant de la pêche.

192. — Personnage portant des pousses de bambou.

193. — Jeune femme se préparant à faire de la musique.

194. — Manzai et enfant.

195. — Rakan se promenant, une feuille dans le dos.

195 *bis*. — Cinq pièces diverses.

ESTAMPES JAPONAISES

196. — *Kiyonobu*. Tanye représentant Watanabe-no-tsuma, capturant le démon.

197. — *Okumura Masanobu*. Nakamura Tonijuro dans le rôle de Oisono Tora.

198. — *Okumara Toshinobu*. Une planche des Sanbukutsui.

199. — *Kiyotsune*. Bando Kikosaburo dans le rôle de Kudo Kanaishimaru.

200. — *Kiyotsune*. Triptyque hosoye. Au centre Segawa Kikunojo dans le rôle de Tagasode, Nakamura Nakazo en Matanogoro à droite et Arashi Sangoro à gauche personnifiant Kawazu Saburo.

201. — *Buncho*. Hosoye. Yorimitsu en quête du diable.

202. — *Harunobu*. Hotei jouant avec un enfant qui contemple sa mère.

203. — *Harunobu*. Deux jeunes filles au bord de la rivière.

204. — *Harunobu*. Deux jeunes filles sur un balcon : au-dessus de la Tamagawa un vol de « *chidori* ».

205. — *Harunobu.* Jeune fille lisant une lettre.

206. — *Koryusai.* Jeune fille et garçon.

207. — *Kiyonaga.* Scène de la rue, le premier jour de l'an.

208. — *Kiyonaga.* Kintoki peignant un cerf-volant que lui soutient un diablotin.

209. — *Utamaro.* La coiffure. De la série « Fujin Sogaku Juttai ».

210. — *Toyokuni.* Triptyque intitulé « Jensei Dateno Kuru wairi », pièce théâtrale de Sendai Hagi.

211. — *Toyokuni.* Acteur tenant un arc et une flèche.

212. —   —   Ichiwara Danjuro et Yamashita Mangiku.

213. —   —   Matsumoto Yonezo et Asao Kuzayemon.

214. —   —   Ichikawa Danzo et Sanokawa Ichimatsu.

215. —   —   Ichikawa Yaozo et Matsumoto Yonesaburo.

216. —   —   Réunion de génies.

217. — *Kiyomine.* Deux surimonos : Saruwaka Kanzaburo et quatre acteurs dans la pièce Kadomatsu.

218. — *Shukei.* Surimono représentant un paysage.

219. — *Yeisen.* Surimono. Arrangement de fleurs.

220. — *Hokusai.* La grande vague à Kanagawa.

221. — *Yeisen.* Kumagawa Hatcho Zutsumi, de la série du Kisokaido (n° 9).

222. — *Hirohige.* La station Yokkaichi sur la route du Tokaida.

223. — *Kuniyoshi.* Triptyque : les quarante-sept Ronin passant le pont.

224. — *Yoshitoshi.* Triptyque. Ban Danyemon et les esprits.

225. — *Yoshi-iku.* Quatre planches d'acteurs.

226. — *Kyosai.* Corbeau sur un prunier en fleurs.

227. — Deux peintures chinoises sur soie. Pins et chevaux.

PEINTURES

228. — Feuille d'éventail par *Kenzan.* Fleurs et Lune.

229. —   —   —   Fleurs d'automne.

230. —   —   —   Pivoines.

231. —   —   —   Fleurs.

232. —   —   —   Fleurs.

233/4. — Six peintures anciennes de l'école de Tosa.

LIVRES JAPONAIS

235. — « *Yehon Biwako* ».

Ouvrage complet en trois volumes illustrées en couleurs, par Kitao Shigemasa.

Publiés par Nishimura Genroku, à Yedo, en 1788.

236. — *Unpitsu Soga,* par *Morikuni.*

Trois volumes, complets.

237. — *Reigassen,* par Bunrei, élève de Tani Buncho.

Trois volumes, complets.

238. — *Konzatsu Yamatosoga,* par *Koryusai.*

Trois volumes, complets.

239. — *Shashin Kachodzuye,* par *Kitao Masayoshi.*

Trois volumes, complets.

240. — *Chushingura,* par *Hokusai.*

Deux volumes, complets.

241. — *Hokusai gwafu,* par *Hokusai.*

Trois volumes, complets.

242. — *Hokusai Dochugwafu,* par *Hokusai.*

Uu volume, complet.

ETOFFES

243/8. — Un lot de panneaux de soie brodés de motifs fleuris et d'oiseaux
(rideaux, lambrequins, etc.).

249/2. — Quatre coiffures tunisiennes ornées de cuivre et de perles.

(sera divisé)

253. — Un tapis.

254. — Lots omis.